Einzigartiges biometrisches Merkmal

Eine Science-Fiction Kurzgeschichte

für mich

Einzigartiges biometrisches Merkmal

Eine Science-Fiction Kurzgeschichte

Topaz Hauyn

Besuchen Sie uns im Internet:
www.topazhauyn.de

ISBN: 9798794979893
Font: Alegreya
Coverdesign: Topaz Hauyn
Art: Yucalora/depositphotos.com

Die Luft war dick. Abgestanden. Faulig. Metallisch. So wie sie es ihr ganzes Leben lang kannte. Aber heute war es besonders schlimm. Die Luftfilter waren zu lange nicht getauscht worden.

Röchelnd saugte die Technik die Luft durch die Lüftungsschlitze an den Decken ab. Durch kleine, runde Löcher im Boden quoll frisch gefilterte Luft in den Laborraum, in dem Marina stand. Die Luft war warm an ihren Füßen. Vorgewärmt von der Technik. Das sparte die Heizung. Ihre Vorfahren waren sehr auf Effizienz bedacht gewesen, als sie dieses Raumschiff entwickelt hatte.

Leider hatten sie nicht an den Gestank gedacht. Oder, viel wahrscheinlicher, für das kleiner Übel gehalten, dass man ignorieren konnte.

Marina rümpfte die Nase. Es interessierte sie nicht, was Sina Laurens, ihre Vorgesetzte davon hielt. Schließlich trug Sina einen Geruchsadapter auf ihrer Nase, der sie davor schützte.

Ein Teil, das für sie, als einfache Assistentin zu teuer war. Sie musste die Luft atmen, wie sie aus dem Filter kam.

Sie rümpfte nochmals die Nase und atmete flacher, durch den Mund.

Hinter der Plexiglasplatte hatte Sina sicherlich noch mehr Technik für solche Alltagsprobleme. Außerdem gab es in dem, mit einer dicken Tischplatte versehen Tisch, der zwischen ihr und Sina stand, noch weitere technische Details, die den Gestank abmilderten. Etwas, wovon Marina nur solange profitierte, wie sie im Laborraum arbeitete.

Sie freute sich kein bisschen darauf, nach Feierabend in die stinkende Luft in den viel zu engen Gängen zurückzukehren.

Tadelnd blinzelte Sina Laurens über die breite, mit stiftförmigen Rollen übersäten Tisch. Holografische Bücher, verpackt in eine handliche Form. Wenn es nicht so viele gewesen wären, und noch Schränke frei gewesen wären, hätte man sie ordentlich stapeln können.

Ihre Forschungsarbeit kam nicht so voran wie sie sollte. Seit Jahren erforschte sie die menschlichen Gene. Jedes einzelne Stück, jedes Molekül, ja jedes Atom.

»Nun?«, Sina hob eine Augenbraue.

Marina schüttelte den Kopf. Sie verschränkte ihre, in dicken Handschuhen und langen Ärmeln steckenden, Hände vor ihrer winzigen Brust. Gut, das sie so klein war und in die meiste Kleidung passte. Die großgewachsenen mussten mit allergischen Hautreaktionen in dieser Atmosphäre kämpfen.

Sie hatte die Information nicht. Noch nicht. Vielleicht würde sie die gesuchte Information niemals haben.

»Ein neues biometrisches Merkmal ist gar nicht so einfach zu finden«, erklärte Marina, gefühlt zum tausendsten Mal in dieser Sternumrundung.

War Sina dumm, oder wollte sie es einfach nicht wahrhaben? In den dreihundert Sternumrundungen, die die

Menschen schon auf diesem Raumschiff, als Ersatz für die völlig unbewohnbare Erde, lebten, hatten sie sich selbst fast vollständig analysiert. Wo sollte sie noch etwas Unerforschtes auftreiben? Abgesehen von der Seele, die es, laut den uralten Griechen gab, die aber noch nie jemand gerochen oder anderweitig nachgewiesen hatte.

»Such weiter. Wir müssen etwas finden. Wie sollen wir sonst eindeutig sicherstellen, dass niemand die Essensration des Nachbarn stiehlt?«, sagte Sina.

Als ob Essensrationen ihre einzigen Probleme waren, überlegte Marina. Die allgemeine Motivation und Moral waren so tief gesunken, dass die Führung des Raumschiffes nur noch schwer die Kontrolle über alle Bewohner behalten konnte.

Die Tatsache, dass es trotz Geburtenkontrolle zu viel Nachwuchs gab und durchgängig so viele Menschen wach waren wie es in den Schlafschränken gab, machte es nicht besser. Alle fünf Jahre tauschte man die Plätze. Dann wurde die andere Hälfte aus den Schlafschränken aufgetaut und man selbst quasi eingefroren, wie es umgangssprachlich hieß. Natürlich war die Technik um einiges komplexer, aber wen interessierte das, solange es funktionierte?

Das Essen war ein Problem. Die Gewächshäuser an Bord waren zu wenige, um ausreichend frisches Obst und Gemüse zu produzieren. Die Tierhaltung hatten sie vor zweihundert Jahren bereits abgeschafft und alle auf eine rein pflanzliche Ernährung umgestellt. Das hatte eine Weile geholfen.

Aber jetzt wurde nicht nur das Essen knapp, sondern die Zahlen stiegen so stark, dass beim nächsten Tausch der Schlafschränke nicht alle würden eingefroren werden können. Die Diskussionen darüber, wer wach bleiben durfte waren in vollem Gange. Die einen meinten, die Kinder, schließlich mussten die Wachsen, die anderen meinten die Alten, die sollten endlich sterben und Platz machen.

Ein moralisches und ethisches Minenfeld.

Sie selbst wollte am liebsten wach bleiben. Schließlich wusste man nie was in den Jahren dazwischen passierte und ob die andere Hälfte sich dann auch an den Vertrag hielt und einen wieder aufweckte. Oder ob die eigene Kühltruhe einwandfrei funktionierte. Ein bis zwei Prozent hatten inzwischen Wackelkontakte und es war ein Glücksspiel, ob man wieder auftaute. Angeblich merkte man nichts, falls man es nicht tat. Sagte die zuständige Gruppe Wissenschaftler und Techniker. Aber nur, wenn jemand danach fragte. Ansonsten wurde diese Statistik still und heimlich geführt.

Marina kannte sie, seit ihr Ehemann ihr beim letzten Zykluswechsel zum Opfer gefallen war.

Sie sollte aufhören sich darum Gedanken zu machen. Sie arbeitete hier und war zuständig für biometrische Merkmale. Eine Aufgabe, von der sie keine Idee hatte, wie sie sie lösen sollte.

Sie blinzelte zu Sina hinüber.

Marina fand, dass Sina jetzt irgendwie müde aussah. Müder als sonst. Haarsträhnen lösten sich aus ihrem, sonst ordentlichen Zopf als sie sich ihre Frisur zerzauste und Millionen winziger Schmutzpartikel aufwirbelte. Sofort verstärkte sich das schlurfende Saugen von der Labordecke.

Marina hustete in der nachströmenden Luft.

Der Gestank nach verfaulendem Metall wurde stärker. Allein durch das bisschen Luftzug.

»Warum sprengen wir das Raumschiff nicht? Es ist keine Rettung in Sicht. Auf eine Woche mehr oder weniger kommt es nicht an?«, fragte Sina.

Marina presste ihre Lippen zusammen. Für sie kam es auf jeden Tag an. Aber sie hörte genug Gespräche um sich herum. Viele fanden, die Schiffsleitung sollte dem endlich ein Ende setzen. Dem dahinvegetieren. Dem langsamen Sterben.

Zu Marinas Glück gab es auch andere Stimmen. Wissenschaftler, die daran arbeiteten die Luft zu reinigen. Andere die versuchten die Pflanzen durch Züchtung und Mutation zu verbessern. Andere die immer noch davon träumten auf dem Mars Landwirtschaft zu betreiben. Leute, die die Hoffnung nicht aufgaben. Die weitermachten, egal wie aussichtslos es erschien. So wie sie bei ihrer Suche nach einem neuen Merkmal, mit dem man die Menschen an Bord unterscheiden und damit besser die Regeleinhaltungen kontrollieren konnte.

Sie umkreisten die Sonne zwischen der toten Erde und dem Mars.

Im Vergleich zur Erde war der Mars ein lebensfreundlicher Planet. Auf regelmäßigen Missionen wurde aus der dortigen Eiswüste frisches Wasser beschafft. Die Wiederaufbereitungsanlagen waren bereits seit einer Generation irreparabel kaputt, und zu Gewächshäusern umgerüstet worden. Das erhöhte den Wasserbedarf erneut.

Marina wollte nicht an morgen denken.

Sie träumte lieber von Übermorgen. Von dem Tag, an dem die Erde sich von der menschlichen Zerstörung erholen und wieder bewohnbar sein würde. Den Berechnungen der Wissenschaftler nach dürfte es bald so weit sein. Die Pflanzendichte, so hatte es in der letzten Durchsage geheißen, war weiter angestiegen. Die Farnvariationen ebenfalls. Es waren noch zu wenige um eine tragfähige Sauerstoffdecke zu bilden, aber genug um sich auszubreiten und weiterzuentwickeln.

»Bei der Venen-Fingerabdruck-Iris Kombination gab es gestern gleich drei falsch-positiv Meldungen. Das ist zu viel!«, sagte Sina. Sie raufte sich schon wieder die Haare.

»Wir arbeiten daran. Kann ich jetzt gehen?«, fragte Marina.

Die Rapporte bei Sina waren nutzlos. Danach lastete nur noch mehr Druck auf ihren Schultern als bereits zuvor.

Sina nickte.

Marina drehte sich um. Mit steifen, bewegungsarmen Schritten ging sie durch die Energietüre, die sie ohne Stromschlag passieren ließ.

Der Gestank nach Exkrementen füllte den Gang. Offenbar hatte jemand die Toilette nicht benutzen wollen oder können.

Marina bog in dem engen, röhrenförmigen Gang nach links ab zu ihrer Forschungseinheit. Dort war die Atmosphäre etwas sauberer. Es stank weniger nach schimmelndem Metall. Ein Luxus, den sie nur genoss, weil es wichtig war um belastbare Versuchsergebnisse zu erhalten.

Ihr Arbeitsplatz war eine Metallplatte, die an der Wand verschweißt war und auf der noch mehr holografische Bücher und ein Mikroskop standen. Drei weitere Kollegen standen an den anderen Seiten des Raumes in ihre Arbeit vertieft. Sie quetschte sich zwischen zwei Paar breiter Schultern hindurch, wiedereinmal froh, klein zu sein.

»Wie war es bei Sina?«, fragte Rek von links.

»Schlecht. Drei gleiche Treffer«, sagte Marina und stapelte die Buchrollen von gestern in einer Vertiefung an der Seite. Die würde sie heute nicht nochmal durchgehen, sondern mit den noch nicht gelesenen weitermachen.

»Wenn ich nichts Besseres finde werde ich die Mutation Idee nochmal ausgraben. Pflanze jedem ein Markierungsgen ein und du kannst sie alle sortieren«, murmelte Marina und projizierte das erste Buch für heute an die Wand vor ihr.

»Genmutationen bei Menschen sind verboten«, sagte Rek.

Marina zuckte mit den Schultern so gut es in ihrer schweren Kleidung ging.

Was kümmerten sie die Gesetze? Es ging ums Überleben und die Technik auf dem ganzen Raumschiff hatte Ermüdungserscheinungen.

Die Prognose für die Atmosphäre auf der Erde waren weitere hundert Jahre. Wenn es schnell ging. Die Prognose für die Ernährung war schlechter.

»Nanotech wäre eine andere Möglichkeit«, sagte Marina, um von dem heiklen Thema abzulenken.

»Die Mehrheit ist dagegen«, mischte sich Luke von rechts ein. »Die letzten Umfrageergebnisse zeigen, dass die Leute die Todeslotterie der Nanotechnik vorziehen. Idioten!«

Marina grinste. Luke erforschte die Schimmelpilze, die sich auf dem Metallgerüst ausbreiteten.

»Wir sind noch nicht so weit«, sagte Rek.

Marina versuchte zu lesen und die Diskussion zwischen Luke und Rek zu ignorieren.

»Dreißig Prozent Reinigungskraft ist zu wenig, um die Putzzellen auf die Schimmelpilze loszulassen«, sagte Rek und riss Marina wieder aus ihren Gedanken. »Außerdem ist jeder Miniroboter anders programmiert. Wie sollte ich sie sonst einzeln ansprechen? Das ist viel Arbeit. Die Erfolgsquote.«

Einzeln ansprechen? Das klang gut.

»Wie viele Möglichkeiten gibt es für einzelne Ansprachen?«, fragte Marina und unterbrach Rek mitten in seiner Triade.

»Zwei hoch Tausend vierundzwanzig, warum?«, fragte Rek.

Das reichte. So viele Menschen gab es nicht auf dem Raumschiff, sogar alle zusammengenommen nicht.

»Wie viele hast du?«, fragte Marina.

»Oh nein, sie kommt schon wieder damit an.« Luke drehte sich um und rempelte sie dabei unsanft an, sodass sie gegen Rek knallte.

Das schlurfende Gurgeln an der Decke wurde so laut, dass sie kein Wort mehr verstand und raten musste, was Rek wohl gerade sagte, der vor ihr stand und seine Lippen bewegte.

Sie alle blieben schließlich bewegungslos stehen, bis die Lüftungsanlage wieder leiser drehte und der Bewegungsmelder dazu sich beruhigt hatte.

»Du wirst uns nicht alle mit kleinen Putzrobotern verwanzen, Marina!«, sagte Luke.

Sie verdrehte die Augen. Zum Glück stand Luke hinter ihr und konnte es nicht sehen. Rek dagegen schon und seine Augen wurden groß.

»Genug«, flüsterte Rek.

Marina hob langsam ihre Hand.

»Schlag ein. Wir machen das«, sagte Marina.

Sie dachte an ihren verstorbenen Ehemann. Sie hatte darauf gehofft, mit ihm gemeinsam zur Erde zurückzukehren. Wenn sie Glück hatte, und die Prognose der Wissenschaftler zur Atmosphäre nicht bei ihrem nächsten Aufwachen wieder nach oben korrigiert werden musste, würde sie als alte Frau einen Fuß auf den Boden des Planeten setzen, den ihre Vorfahren zerstört hatten.

Wenn sie bis dahin überlebte und ein einzigartiges, biometrisches Merkmal fand, das es nicht gab. Sonst hätten die Generationen vor ihr es längstens gefunden.

Warum also nicht mit Nanorobotern loslegen und wenigstens das Essensproblem lösen. Außerdem konnten die Roboter bestimmt noch mehr, als nur eindeutig identifiziert werden.

»Wir könnten die Roboter steuern und im Gehirn die Nervenzellen für das Sättigungsgefühl früher aktivieren. Alle wären weniger hungrig. Die Vorräte würden länger reichen und jeder wäre glücklich«, fasste Marina ihre Gedanken in Worte.

»Ich werde Beschwerde gegen euch beide einlegen«, sagte Luke und stampfte zur Türe.

Rek machte einen Schritt zur Seite und blockierte den Ausgang.

»Wir besprechen das in Ruhe zu Ende, bevor du wieder einen großen Aufstand veranstaltest. Die letzte Idee zum Entfernen des Metallschimmelpilzes hast du auf die Weise auch vereitelt«, sagte Rek mit ausgebreiteten Armen. »Manchmal glaube ich, du willst, dass das ganze Schiff zersetzt wird, bis es in seine Einzelteile zerbricht.«

Marina konnte Lukes Gesicht nicht sehen als er sich von Rek abwandte und zurück vor seinen Arbeitsplatz stellte.

Aber sie erinnerte sich an die Diskussion, die damals geführt worden war.

Rek hatte den Vorschlag gemacht. Luke hatte die Presse an Bord, sprich den Computer, mit der Veröffentlichung davon beauftragt. Innerhalb von Minuten waren Proteste eingegangen. Die Menschen hatten angefangen mit dem Vorwurf zu wenig getestet zu haben. Bei einem Vorschlag, der noch gar nicht die Umsetzung erreicht hatte. Es ging weiter bis zu dem Vorwurf, sie wollten das Schiff mutwillig zerstören.

Der Entwurf war unter Verschluss in den Computerarchiven abgelegt worden mit dem Vermerk, dass er wegen der inhärenten Gefährlichkeit darin nicht umgesetzt werden durfte.

Wissenschaftler zu sein war kein geachteter Beruf. Ingenieur, wie Rek, auch nicht. Obwohl Wissenschaftler und Ingenieure dieses Raumschiff geschaffen hatten, das Essen produzierten und das Wasser vom Mars herholten, hassten die Menschen sie. Viel lieber ließen sie sich von Unterhaltungshologrammen berieseln und wehrten sich gegen jede Veränderung.

Marina dachte an den Geschichtsunterricht und war sich sicher, die Menschen an Bord hatten nichts aus ihrer Geschichte gelernt.

Wenigstens war der Laborraum nicht an das Kommunikationsnetz an Bord angeschlossen. Offiziell, damit die Forscher während der Arbeit nicht die jüngste Seifenoper mithörten. Und jetzt war es nützlich, um Luke von Dummheiten abzuhalten.

Marina dachte an die Strafen, die auf nicht abgestimmtes Vorgehen standen. Wenn sie mit Rek die Nano-Putzroboter umprogrammierte und verteilte, ohne Zustimmung konnte sie für immer vom Dienst suspendiert werden. Oder schlimmer. Auch wenn es die Todesstrafe offiziell nicht gab, Unfälle passierten.

»Ich habe die Programmierung umgesetzt«, sagte Eyrin, die bisher schweigend an ihrem Arbeitsplatz gestanden hatte. »Wenn ihr wollt, kann ich die Roboter zuweisen und losschicken.«

Marina fuhr herum, knallte mit der Schulter gegen Luke und blieb mit einem Bein an Rek hängen.

Rek griff nach ihrem Oberarm, umklammerte ihn viel zu fest und hielt sie aufrecht, sodass sie nicht auf Eyrin knallte.

»Zuweisen?«, fragte Marina.

So schnell ging die Änderung der Programmierung? Das kam ihr etwas zu schnell vor. Musste man Software nicht genauso testen, wie Experimente und Laborergebnisse? Studien und Untersuchungen machen, wie die, die heute Morgen mit drei identischen Treffern zurückgekommen und ihren vorerst letzten Versuch ein einzigartiges, biometrisches Kombinationsmerkmal zu finden, als Fehlschlag deklariert hatte?

»Bist du sicher, dass wir das nicht nochmal testen sollten?«, fragte Marina.

Sie schaute zu Rek, der immer noch ihren Oberarm umklammerte. Viel zu fest, aber inzwischen merkte sie es nicht mehr. Ihr Arm fühlte sich taub an.

»Lässt du mich bitte los? Ich spüre den Arm nicht mehr«, sagte Marina.

»Entschuldigung«, sagte Rek und lockerte den Griff. Los ließ er sie nicht. »Sicherheitshalber, du bewegst dich zu unbedacht.«

Marina versuchte ein schiefes Lächeln. Sie ließ sich viel zu oft von Gefühlen leiten. Besonders bei Überraschung fiel ihr die Beherrschung schwer.

Sie nickte zustimmend.

»Nicht nötig«, sagte Eyrin. »Die Zuordnung ist durch das Zählverfahren an Bord oft genug getestet worden. Abgesehen davon, was soll schiefgehen? Im schlimmsten Fall gibt es ein, zwei Babies, die noch nicht erfasst sind und deshalb keinen Roboter bekommen.«

In Marinas Bauch rumorte es. Babies?

»Babies brauchen den Roboter nicht. Sie müssen essen, um zu wachsen«, sagte Marina.

Eyrin tippte in der Luft auf ihrem Hologramm herum.

»Babies und Kleinkinder sind ausgeschlossen«, sagte Eyrin. »Soll ich den Rest losschicken?«

»Auf keinen Fall!«, sagte Luke.

»Von mir aus«, sagte Rek.

»Marina?«, fragte Eyrin, die sich immer noch nicht zu ihr umgedreht hatte.

Sie sollte es entscheiden? Ganz allein?

Andererseits, es war ihre Idee gewesen, richtig? Und Reks Arbeit würde nützlich eingesetzt werden. Risiken gab es keine. Keine die sich ihr erschlossen. Nur Vorteile. Statt wie geplant anhand eines eindeutigen Merkmals die Essensausgabe zu regeln, würden die Menschen von sich aus weniger essen und zufriedener sein.

Ein Gewinn für alle Seiten.

Aber wollte sie dafür verantwortlich sein?

»Falls es dir hilft, Marina«, sagte Eyrin. »Luke hat letzte Woche die als nicht zu verwendende Erfindung von Rek aus dem Archiv geholt und losgeschickt. Deine Chefin, Sina, hat die Studie unter ihrem Namen durchgeführt, weil sie deine Idee für vielversprechend hielt.«

Wie bitte? Marina glaubte sich verhört zu haben. Ihre Chefin hatte ihre Ergebnisse für ihre eigenen ausgegeben?

»Kannst du die Freigabe der Roboter auch Sina zuordnen?«, fragte Marina, halb fasziniert von Eyrins Fähigkeiten Wissen aus dem Computer zu erhalten. Wissen, dass keiner haben sollte. Halb war sie wütend auf ihre Chefin, die die Lorbeeren für sich wollte und den Ärger bei ihr ablud.

»Ja. Ist erledigt. Also?«, fragte Eyrin, »Operation Roboter für Essensvorräte starten?«

»Tu es nicht«, sagte Luke. »Eyrin arbeitet nur für sich selbst und nicht für dich.«

Es klang wie eine Warnung. Aber offensichtlich hatte Luke selbst Zugriff auf den Computer, und zwar in einem Maße, dass ihr Verständnis weit überschritt.

Sie kannte Eyrin zwar nicht besonders gut, schließlich beteiligte sie sich sonst nicht an den Gesprächen, aber wenn es sowieso unter dem Namen ihrer Chefin lief, dann war es ihr jetzt auch egal.

»Ja«, sagte Marina.

Ihr Herz schlug einen Augenblick schneller. Würde Eyrin es wirklich durchziehen?

Rek ließ ihren Arm los und drehte sich zurück zu seinem Arbeitsplatz.

»Erledigt«, sagte Eyrin.

»Sie hat meine gesamten Vorräte losgelassen. Das sind mindestens drei Roboter pro Person und noch jede Menge, die jetzt, was?«, Rek stoppte mitten im Satz. »Wo wollen die den hin?«

Marinas Bauch schien sich zu verknoten.

Eyrin zu vertrauen war nicht die beste Idee gewesen.

Sie stand ganz still und wartete darauf, was Rek als Nächstes sagen würde. Sie wollte es auf keinen Fall verpassen, weil sie mit hektischen Bewegungen die Bewegungsmelder aktiviert und die Lüftungsanlage zu noch lauterem Schlurfen und Rattern veranlasst hatte.

»Du hast sie putzen geschickt. Eyrin du bist fantastisch«, sagte Rek. »Ich weiß gar nicht wie unser Chef dich jemals unterschätzen konnte.«

Marina schluckte.

Sie würde Eyrin sicher nicht mehr unterschätzen und in Zukunft ihren Mund in diesem Labor halten. Vorausgesetzt, diese Aktion hatte kein unangenehmes Nachspiel.

Sie atmete flach durch den Mund ein und aus. Wenigstens eine Sache war erledigt. Das Merkmal. Damit konnte sie sich, bis sie etwas anderes von Sina hörte, der Frage widmen, wie man wieder Pflanzen auf die Erde bringen sollte. Schließlich würden Moose und Flechten auf Dauer nicht ausreichen. Man brauchte wieder Bäume und auch die Gemüsepflanzen an Bord, die seit Jahrhunderten in diesem speziellen Klima wuchsen mussten wieder akklimatisiert werden.

Daran zu forschen machte ihr erheblich mehr Spaß. Darum hatte sie den Beruf der Wissenschaftlerin gewählt, obwohl er so wenig geschätzt wurde.

Sina war für die nächsten Monate sicherlich beschäftigt. Die Rapporte bei ihr würde Marina jedenfalls nicht vermissen.

Marina lächelte, als sie sich wieder ihrem Labortisch aus einer angeschweißten Metallplatte zuwandte und alle, jetzt nutzlosen, Hologrammröhren auf den Boden stapelte. Endlich konnte sie wieder tun, was ihr Freude bereitete.

ENDE

Leseprobe:
Ein Stück vom Weihnachts-gefühl

Das letzte Kalenderblatt des Jahres hing aufgeschlagen an der Wand neben dem Bücherregal. Die winterliche Schneelandschaft auf dem Bild in der Mitte, mit dem

Schlitten, den Rentieren und dem Weihnachtsmann war von überall im Wohnzimmer gut zu sehen. Besonders gut vom Sofa. Die durchgestrichenen Zahlen der Tage an beiden Seiten zeigten, dass das Jahr beinahe vorbei war. Das Wohnzimmer, in dem bunte Lichterketten aufgehängt waren und ein grüner, würzig nach frischem Wald duftender Weihnachtsbaum stand, lud ein zum Verweilen. Zum Innehalten. Der Baum mit roten, grünen und goldenen Christbaumkugeln sollte die Wärme und Besinnlichkeit von Weihnachten ausstrahlen. Die gelben Strohsterne, die Rolf als Kind mit seiner Mutter gebügelt und geknotet hat, hingen dazwischen. So wie das Lachen in seiner Erinnerung hing. Vergangen. Vorbei. Eine Ewigkeit her.

Rolf saß alleine auf dem weichen Sofa. Seinem Lieblingsort in der Drei-Zimmer-Wohnung, die er mit Max bewohnte. Max, der seit der Ausbildung mit ihm eine WG bildete und an Weihnachten zu seinen Eltern fuhr. Jedes Jahr, seit er es wieder durfte. Und immer alleine. Keiner von ihnen hatte einen Partner gefunden in all den Jahren, die sie schon zusammen wohnten.

Rolf knetete seine Hände im Schoß.

Er wollte zu Weihnachten nicht wegfahren. Wohin auch?

Er fühlte sich nicht nach Weihnachten.

Draußen vor dem Fenster hingen graue Regenwolken. Es nieselte. Von Schnee war nichts zu sehen. Die Wettervorhersage im Internet sagte es bliebe warm und regnerisch.

Wie schafften die Menschen es auf der Südhalbkugel, im Sommer Weihnachtsgefühle zu entwickeln? Jedes Jahr?

Rolf seufzte. Er sollte Plätzchen backen. Aber für wen? Mit wem? Keiner seiner Freunde hatte Zeit, dieses Jahr mit ihm zu backen. Er war allein. Die Uhr tickte laut in die Stille hinein.

Rolf schloss die Augen und dachte an vergangene Weihnachten zurück. Weihnachten, als er jünger war. An seine Ausbildung. Anfang Dezember war immer die Weihnachtsfeier im Betrieb gewesen. Damals hatte er sich Sorgen gemacht zu viel Bier und Wein zu trinken. Heute würde er sich keine Minute mehr darum kümmern, sondern das Fest genießen. Die Stimmung war jedes Mal fröhlich, alle zusammen haben sie an schön gedeckten Tischen gesessen, sich unterhalten und den Braten genossen hatten. Wenn der Chef dann eine feuchtfröhliche Rede hielt, verkleidet als Weihnachtselfe, hatte er mit allen Kollegen grölend gelacht. Die Liedtexte zu den Weihnachtsmelodien waren nicht jugendfrei gewesen. Aber sein Herz hatte gejauchzt und er hatte sich leicht und fröhlich gefühlt.

Dieses Jahr wurde auf die Weihnachtsfeier verzichtet. Wie schon die Jahre zuvor. Aus gesundheitlichen Gründen. Wie jedes Jahr, seit dem Jahr der Pandemie. Auch, wenn sich seither die Gründe geändert hatten. Damals, hatten alle Statistiker übereinstimmend berichtet, damals, waren so viel weniger Verkehrstote gemeldet worden, so viel weniger Atemwegserkrankungen, und so viel weniger Sachzerstörung, dass die Regierung Weihnachtsfeiern komplett abgeschafft hatte. Da die Weihnachtsmärkte sowieso insolvent waren, wurden sie gleich mit beerdigt.

Rolf öffnete die Augen. Vor ihm stand immer noch sein Weihnachtsbaum. Die farbigen Lichter funkelten im trübgrauen Tageslicht.

Seltsam, dass der Weihnachtsbaum und das Fest nicht gleich mit abgeschafft worden waren. Was sollte er mit den Feiertagen anstellen, wenn er allein und trübselig Zuhause saß? Er konnte genauso gut zur Arbeit gehen und den nächsten Prüfbericht verfassen. Oder die alten

Akten ordnen, die er das Jahr über, im immer gegebenen Zeitdruck, beiseite gestellt hatte. Für später. Wenn Zeit war.

Er nickte sich selbst zu. Stand auf, schaltete den Strom der Lichterkette ab. Mit einer Regenjacke und Halbschuhen, den Schirm unter dem Arm, verließ er das Mehrfamilienhaus, in dem seine Wohnung lag.

Der Nieselregen war auf dem Schirm kaum zu hören. Überhaupt war es untypisch leise. Keine Autos mehr, wie früher. Die Menschen blieben Zuhause. Das einzige Geräusch, außer dem leisen Nieseln, war das Schlurpen seiner Schuhsohlen auf dem nassen Straßenbelag.

Als er über den Marktplatz ging, stellte er sich vor, wie es wäre, wenn hier wieder ein Weihnachtsmarkt stehen würde. Es würde nach gebrannten Mandeln duften. Ein süßer, klebriger Karamell-Zucker-Duft. Fast konnte er das Knacken der knusprigen Hülle zwischen seinen Zähnen hören und den süßen Geschmack im Mund schmecken. Weihnachtslieder würden aus unzähligen Lautsprechern zwischen den Buden zu hören sein. Überall ein anderes. Menschen würden, dicht gedrängt, herumstehen oder langsam weiter schlendern. Kinder würden nach noch mehr Süßigkeiten quengeln und sie auch bekommen. Es wäre kein Durchkommen. Schnee würde fallen. In dichten, dicken, weißen Flocken, sodass er sich tiefer in seinen Wintermantel einmummeln würde.

Unwillkürlich zog Rolf seine Regenjacke enger und knöpfte die Knopfleiste über dem Reißverschluss zu. Er setzte auch die Regenmütze auf, die an der Jacke befestigt war, obwohl er den Schirm aufgespannt trug.

An einem Stand würde er stehen bleiben und Glühwein kaufen und sich an der heißen Tasse wärmen, balancierend auf dem schmalen Grat zwischen schön warm und verbrannt heiß. Vielleicht würde er auch, wenn es wieder einen Weihnachtsmarkt gäbe, am Stand mit dem Schnick-schnack stehen bleiben.

Ja.

Er würde Holzbrettchen kaufen und handgestrickte Socken, die für seine Schuhgröße immer zu klein waren. Er würde beim Stand der Schule eine Waffel kaufen, damit die Schüler auf ihre Klassenfahrt gehen konnten und beim Kindergarten einen schief gefalteten Weihnachtsstern, einfach, weil die Kinder sich dann freuten.

Der Regen schlurpte unter seinen Schuhsohlen als er den Kopf schüttelte und weiterging. Ein kühler Wind wehte über den leeren Platz. Weihnachtsmärkte waren tot. Niemand würde, nach der Welle von Insolvenzen und zerstörten Existenzen, heute noch das Risiko auf sich nehmen so etwas neu zu starten.

Der Klang von Weihnachtsliedern erreichte sein Ohr. Rolf lauschte.

Ende der Leseprobe aus »Ein Stück vom Weihnachtsgefühl«

Weitere Bücher

***Gemüse anpflanzen und zubereiten in der Schwerelosigkeit.
Unser zukünftiges Essen?***

Tourismusziel: International Tourist Space Station 1, kurz ITSS1. Ein Flop des Unternehmens. Kein Tourist kommt freiwillig. Zweimal schon gar nicht.
Mark, verantwortlich für das Marketing dieser Saison, plant eine Änderung. Frisches Essen auf Tellern, statt Astronautennahrung aus der Tube.
Das Problem: Auf seinem Vorschlag prangt in rot und fett »Abgelehnt«. Aber das wird Mark nicht aufhalten.

Die schwerelose Geschichte *Kein Gemüsegarten im All* züchtet und kocht Kürbisse.

Eine fantastische Mischung aus Ungehorsam, Einfallsreichtum und technischen Grenzen.

Fantasy

Raffaels Mangasammlung
Der Schneesturm
Schwebendes Fundament
Magisches Parket
Ein Tropfen Leben
Erika trifft Pegasus
Wider dem Traum
Lazars Vergeltung
Der, die, das Monster
Drachenverträge
Verpasst
Hexe im Wolfsfell
Die Sandriesen der
Traumsandwerke
Erwartete Verkaufszahlen

Sandige Versuchung (An den
Ufern des Luzik)
Die neue Wunschauswerterin
Kontrabass und Killerwal

Brennnesselfluch Serie
- Entführt (#1)
- Enterbt und Verflucht (#2)
- Geburtstagsgeschenk (#3)
- Schülerin falsch (#4)
- Brennnesselfluch (#5 Roman)
Die Spindel über der Erde
Spindel der Vergangenheit
Erbe: Haus, Schmuck, und
Gespenst

Romance

F/F, Lesbische Romantik
Rotes Marzipan
Verliebt im Freibad
Erster Kuss im Wald
Flirt auf rotem Briefpapier
Romantik am Morgen
Testperson gesucht: Portal der
Verführung
Unterricht in der Liebe
Eine neue Gelegenheit
(Collection)
M/M, Gay Romantik
Liebe trotz verbranntem Essen
Phillip, küss mich

Gesucht: Die Lust zu Verführen
Kunstsprung der Liebe
Unter der Freibaddusche
Verliebt in den Koch
Eine Schneeflocke zum Verlieben
Liebe zum Genießen (Collection)
Prioritäten der Liebe (Roman)
M/F, Hetero Romantik
Vereiste Seile
Sandmanns Verlobung (An den
Ufern des Luzik)
Der Fremde liegt unten
Ein Herz für die Träume
Armut oder Heirat

Science Fiction

Spannung / Krimi

Gegenwart